W9-CTC-763

ALFAGUARA
INFANTIL Y JUVENIL

ALFAGUARA
INFANTIL Y JUVENIL

©
2003, Kalman Barsy

©De esta edición:
2003 – Ediciones Santillana, Inc.
Calle F #34, esquina calle D,
Centro de Distribución Amelia
Buchanan, Guaynabo,
Puerto Rico, 00968

Printed in Colombia
Impreso en Colombia por D'vinni Ltda.
①ISBN: 1-57581-433-1

Editora: Neeltje van Marissing Méndez

Una editorial del grupo **Santillana** que edita en:
España • Argentina • Bolivia • Brasil • Colombia
Costa Rica • Chile • Ecuador • El Salvador • EE. UU.
Guatemala • Honduras • México • Panamá • Paraguay
Perú • Portugal • Puerto Rico • República Dominicana
Uruguay • Venezuela

El cocodrilo llorón

Kalman Barsy

Ilutraciones de Walter Gastaldo

ALFAGUARA

INFANTIL Y JUVENIL

Había una vez un cocodrilo llamado Coco que se pasaba los días llorando porque era feo. Le había tocado nacer con una horrorosa piel de escamas y un largo hocico lleno de dientes torcidos. ¡Espantoso! Además, tenía muy mal aliento.

Los demás animales huían despavoridos al verlo, llenos de miedo y repugnancia. Pero lo que nadie sabía era que, en el interior de aquel horrendo caparazón de escamas, vivía un ser hermoso y sensible, que sufría. Nadie lo conocía de verdad, porque todos se dejaban llevar por su feo aspecto y el olor a podrido que le salía de la boca.

Cuando lo veían llorar de sentimiento a la orilla del río, los animales de la selva ni siquiera tomaban en serio su tristeza. Al contrario, se burlaban diciendo:

–¡Bah! Son lágrimas de cocodrilo.

¡Como si las lágrimas del pobre Coco no valieran nada!

Así vivía el cocodrilo Coco, llorando y pensando en soledad, a la orilla de un gran río en el África ecuatorial.

Pero sucedió un día que, a la hora de la siesta, cuando Coco estaba medio sumergido en el fango de la orilla, llegaron hasta sus oídos unos desesperados gritos en falsete que rajaron el silencio de la tarde.

–¡Socorro! ¡Auxilio! –Le pareció oír una voz de señorita en apuros.

Pero, como después no oyó nada más,
Coco pensó que a lo mejor se lo había
imaginado y volvió a sumirse en sus tristes
pensamientos.

—¡Socorro! ¡Ayúdenme que me quemo!
Esta vez sí se oyó clarito. ¡Era la señorita
mariposa que pedía ayuda con desesperación!

Nuestro cocodrilo recorrió con la mirada la resplandeciente superficie del gran río que atravesaba la selva como una culebra en dirección al mar. Pero, cegado por el brillo del Sol, no lograba ver a la angustiada damita.

-¡Socorro! ¡Ayuda! –volvió a suplicar, a desfalleciente, la señorita mariposa.

Al oírla por tercera vez, Coco se nzó de barriga al agua y empezó nadar en dirección adonde se oían los ritos. Entonces la vio, revoloteando ocamente sobre la superficie del agua, n las alas incendiadas por la fuerza el Sol de las dos de la tarde.

Estas cosas le pasaban a la mariposa por ser tan coqueta y vanidosa. Todo el día se la pasaba admirando la belleza de sus alas de colores en el reflejo del agua quieta de las charcas. Era tan engreída que se pensaba la criatura más hermosa de la Creación.

Y como se creía tan y tan fabulosa,
ningún espejo le parecía lo suficientemente
bueno. La charca no, porque era muy
sucia. El mangle no, porque había sapos.
El manantial no, porque era demasiado
pequeño para el esplendor de sus alas
desplegadas... Así fue que, buscando un
espejo a la medida de su hermosura, un día
vio la brillante superficie del gran río bajo
el fuego de la hora de la siesta.

–¡Por fin! ¡Éste sí es el espejo que necesito para verme como soy, en toda mi hermosura! –dijo la mariposita.

Sin pensarlo dos veces, se lanzó a revolotear sobre aquella inmensa superficie de agua. Pero, ¡ay!, cuanto más lejos volaba, más se alejaba aquel espejo de fantasía. Lo único que reflejaba el gran río a esa hora eran los terribles rayos del Sol allá en el cielo.

Así fue como la señorita mariposa
recibió un castigo por su vanidad.
Por cometer la imprudencia de
volar sobre el río a la hora de la
siesta, se le incendiaron sus
hermosas alas de colores.
–¡Socorro! ¡Auxilio, que me quemo!

Al verla en tal peligro y desesperación, al verla tan hermosa y en apuros, al cocodrilo Coco se le conmovió el corazón.

Dos gruesas lágrimas de compasión le brotaron de los ojos. Aquellos dos gordísimos goterones corrieron por las escamas de su cabeza, bajaron por su trompa, resbalaron

...asta la punta de su horrible hocico de
dragón e impulsados por el viento... pfffffsss,
cayeron sobre la señorita mariposa,
¡apagando el fuego de sus alas!

–¡Aaaah! –exclamó Coco, sin poder creer
lo que había pasado.

Al ver el inesperado efecto de sus lágrimas, el cocodrilo se quedó con su enorme boca de monstruo abierta por la sorpresa. Y la señorita mariposa, toda histérica y chamuscada, voló a refugiarse en ella. Venciendo el asco, pasó los horribles dientes disparejos con olor a zafacón y se fue volando hacia adentro de la boca de Coco para huir de los rayos del Sol.

Cuando poco a poco sus ojos se acostumbraron a la oscuridad en el interior de la boca del cocodrilo, no pudo creer lo que veía. En lo profundo de aquella cavidad oscura como cueva, brillaba un lago. Su serena superficie parecía un perfecto espejo de plata líquida.

Al volar por encima del espejo que acababa de descubrir, la señorita mariposa no quiso mirar, para no ver el desastre de sus bellas alas quemadas. Pero más pudo su curiosidad y abrió los ojos. ¡Cuál no sería su sorpresa! En lugar de verse horrible, desastrosa y toda quemada, se veía normal. Es cierto que tampoco parecía la superfabulosa reina de belleza que a ella le gustaba creerse, pero por primera vez se veía como era de verdad, y estaba hermosa.

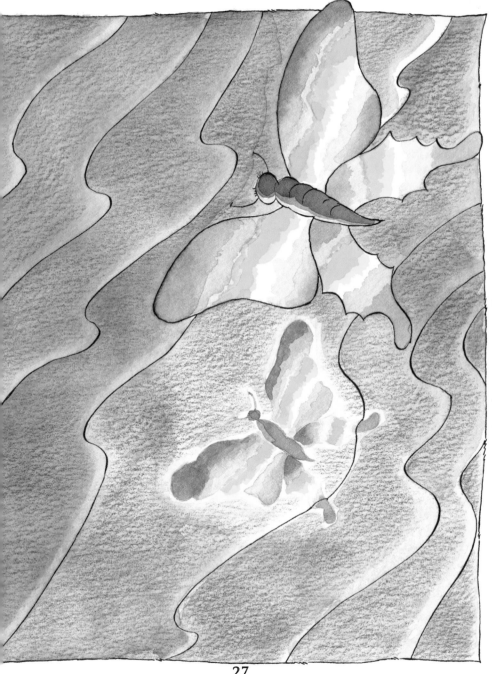

Por fin, después de tanto buscar
en vano, aquella Miss Modelaje y
Refinamiento del reino animal había
encontrado su espejo en el lugar más
inesperado. Porque "la vida nos da
sorpresas" y aquel lago escondido
reflejaba su verdadera belleza, que
es la que cada uno lleva dentro de sí.

De paso, y para probar que las apariencia
engañan, la mariposita había descubierto
también la belleza secreta del pobre Coco.
Desde aquel día memorable, las mariposas
y los cocodrilos son muy buenos amigos.

Así podemos verlo por la televisión en los
documentales sobre el África ecuatorial.
Allí vemos a los cocodrilos con las grandes
bocazas abiertas y muchas, muchísimas
mariposas revoloteando en su interior.